Kevin Brooks
Johnny Delgado
Der Mörder meines Vaters

AF198007

© dtv

Kevin Brooks, geboren 1959, wuchs in einem kleinen Ort namens Pinhoe in der Nähe von Exeter/Südengland auf. Er studierte in Birmingham und London. Sein Geld verdiente er lange Zeit mit Gelegenheitsjobs. Seit dem überwältigenden Erfolg seines Debütromans ›Martyn Pig‹ ist er freier Schriftsteller. Für seine Arbeiten wurde er mit zahlreichen Preisen ausgezeichnet.

Uwe-Michael Gutzschhahn, geboren 1952, studierte deutsche und englische Literatur in Bochum und lebt als Übersetzer und Autor, Herausgeber und freier Lektor in München. Er hat alle auf Deutsch erschienenen Bücher von Kevin Brooks übersetzt.

Kevin Brooks

Johnny Delgado –
Der Mörder meines Vaters

Aus dem Englischen von
Uwe-Michael Gutzschhahn

Ausführliche Informationen über
unsere Autoren und Bücher
www.dtv.de

Deutsche Erstausgabe
2018 dtv Verlagsgesellschaft mbH & Co. KG, München
© 2006 Kevin Brooks
Titel der englischen Originalausgabe: ›Johnny Delgado: Like Father, Like Son‹,
2006 erschienen bei Barrington Stoke Ltd, Edinburgh
© für die deutschsprachige Ausgabe:
2015 dtv Verlagsgesellschaft mbH & Co. KG, München
Umschlaggestaltung: Katharina Netolitzky/dtv
Gesetzt aus der Optima 11,5/15,75
Gesamtherstellung: Druckerei C.H.Beck, Nördlingen
Gedruckt auf säurefreiem, chlorfrei gebleichtem Papier
Printed in Germany · ISBN 978-3-423-71796-0

Für Anna Gibbons,
ohne die es keinen Johnny geben würde

Es ist Weihnachtszeit …

Weihnachten war in der William-B.-Foster-Siedlung noch nie eine große Sache. Ein paar Jahre lang hatte die Stadtverwaltung auf dem Square einen Baum hingestellt, aber jedes Mal war er mutwillig zerstört worden, weshalb es jetzt keinen mehr gibt. Es hängt auch niemand Weihnachtsschmuck an die Tür, weil die Sachen doch nur geklaut werden. Und es kommen auch keine Sternsinger mehr, seit vor ein paar Jahren eine Gruppe zusammengeschlagen und ausgeraubt wurde.

Nein, Weihnachten war in der William-B.-Foster-Siedlung noch nie eine große Sache.

Aber so schlimm wie dieses Jahr ist es bisher noch nie gewesen.

Das dachte ich an dem Abend, als ich vom Dach

des North Tower auf die Siedlung herabsah. *So schlimm wie dieses Jahr ist es bisher noch nie gewesen*, überlegte ich. Und vielleicht ist das Ganze ja meine Schuld.

Es war ein eisiger Sonntagabend im Dezember, eine Woche vor Weihnachten, und ich wartete auf einen Freund, Marcus Hood. Marcus wohnt auf demselben Flur wie ich, im 16. Stock des North Tower. Ich hatte ihn angerufen und gefragt, ob wir uns um neun treffen könnten. Und jetzt stand ich also da und wartete.

Ich schaute auf meine Armbanduhr – 9.15 Uhr.

Marcus kam zu spät.

Ich schaute auf die Siedlung. Sie lag weit unten, 22 Stockwerke tief. Der Abend war dunkel, aber ich sah doch alles, was unten passierte. Ich sah die Gangtypen in ihren Kapuzenshirts auf dem Square rumhängen – junge, ältere, Weiße, Schwarze. Ich sah, wie sich die Gangs im Auge behielten – die Westies die E-Boys und die E-Boys die Westies. Ich sah, wie Leute aus den Fenstern der anderen beiden Hochhäuser nach unten schauten – besorgt, aufgeregt, verwirrt. Ich sah die Polizeiwagen am Ende der Straße. Sie warteten darauf, dass der Ärger losging.

Ich beobachtete das alles im Flackerschein eines brennenden Autos auf der anderen Seite des Square.

Es sah nicht gut aus.

»Scheiße, ist das kalt.«

Eine Stimme in meinem Rücken. Auch wenn ich sie erwartetet hatte, schrak ich doch zusammen. Aber als ich mich umdrehte und sah, wie Marcus über das Dach auf mich zukam, musste ich lächeln. Er trug einen langen schwarzen Ledermantel, Fellhandschuhe, eine schwarze Fellmütze mit Ohrenklappen und dicke schwarze Yeti-Stiefel.

»Willst du auf die Jagd?«, fragte ich ihn.

»Ich hab dünnes Blut«, antwortete er. »Ich spür ganz einfach die Kälte, okay?«

»Dünnes Blut?«

»Ja.«

Ich lächelte. »Na ja, immerhin besser als dickes Blut, nehme ich an.«

Marcus sagte nichts. Er blieb neben mir stehen, rieb sich die Hände und schaute über die Dachkante hinab. Inzwischen stand ein Feuerwehrwagen neben den Polizeiautos. Die Feuerwehrleute beobachteten das brennende Fahrzeug, unternahmen aber nichts. Sie waren ja nicht bescheuert. Die wussten genau, was passieren würde, sobald sie sich dem Wagen näherten. Die Jugendlichen würden Steine und Flaschen werfen, das würde passieren.

Deshalb warteten die Feuerwehrleute einfach ab. Genau wie alle andern. Sie warteten, was passieren würde.

»Was glaubst du, wann es losgeht?«, fragte ich Marcus.

»Bald«, sagte er. »In ein paar Tagen wahrscheinlich.«

»Nicht heute Nacht?«

Er schüttelte den Kopf. »Nein, heute Nacht passiert nichts.« Er schaute nach unten auf die Siedlung. »Im Moment hauen sie alle nur mal ein bisschen auf den Putz. Zeigen den andern Gangs, was Sache ist. Aber wenn es richtig losgeht, ist davon nichts mehr zu sehen. Dann explodiert das Ganze wie aus dem Nichts.«

Er zündete sich eine Zigarette an und wir standen schweigend da. Wir beobachteten die Gangs unter uns. Von hier oben wirkten die Typen klein und harmlos, wie ruhelose Ameisen. Aber sie waren nicht harmlos. Das hatte ich vor ein paar Monaten selbst rausgefunden. Sie waren überhaupt nicht harmlos.

»Was ist los, Johnny?«, fragte Marcus.

Ich sah ihn an. »Nichts, ich hab nur nachgedacht …«

»Worüber?«

»Keine Ahnung. Über diesen ganzen Gangkram, nehme ich an.«

»Was ist damit?«

»Na ja … ich denk einfach immer, wenn ich mich damals nicht in die Sache mit Lee Kirk und Tyrell Jones hätte reinziehen lassen, würde das alles jetzt nicht passieren.«

»Doch, würde es«, antwortete Marcus. »Es wäre auf jeden Fall passiert. Kirk hätte dich nicht reinlegen müssen, um Tyrell loszuwerden, das hätte er auch so geschafft. Du warst einfach zur falschen Zeit am falschen Ort, das ist alles.«

»Ja, aber …«

»Hör zu«, sagte Marcus, »es ist nicht deine Schuld, klar? So läuft die Gangscheiße einfach – es wär immer passiert, egal, was du getan hättest. Und zumindest hast du es geschafft, Kirk aus dem Verkehr zu ziehen.«

»Ja, wahrscheinlich …«

Marcus legte mir seine Hand auf den Arm. »Weißt du, was dein Problem ist?«, fragte er.

»Was?«

»Du denkst zu viel nach.« Er grinste mich an, dann boxte er mir gegen den Arm und zog sich die Mütze über die Ohren. »Komm jetzt«, sagte er, »lass uns reingehen. Ich frier mir hier draußen die Eier ab.«

Während wir zu dem Blechschuppen auf der anderen Seite des Dachs gingen, dachte ich drüber nach, was Marcus gerade gesagt hatte. Ich wusste, dass er recht hatte – es *war* nicht meine Schuld. Lee Kirk saß hinter Gittern, weil er Tyrell Jones umgebracht hatte. Die zwei hatten die Westies-Gang organisiert. Das heißt, die Westies hatten auf einmal beide Anführer verloren und seither breiteten sich die E-Boys in ihrem Gebiet aus. Es war die übliche Gangscheiße, nichts weiter. Es wäre auf jeden Fall passiert, egal, was ich getan oder nicht getan hätte.

Aber ich hatte trotzdem ein schlechtes Gewissen.

Wenn ich dies nicht getan hätte …

Wenn ich jenes nicht getan hätte …

Wenn ich nicht so dämlich gewesen wär …

Ja, dachte ich, *aber wenn du überhaupt nichts getan hättest, wenn du dich einfach aus der Sache rausgehalten hättest, dann hättest du auch nie was über deinen Dad erfahren.*

Das stimmte. Ich hätte tatsächlich nichts über meinen Dad erfahren. Und darum ging es schließlich.

Ich musste herausfinden, wer meinen Dad ermordet hatte.

Getuschel und Gerüchte

Der Blechschuppen auf dem Hochhausdach war mein geheimes Versteck gewesen. Der Ort, wo ich hinging, wenn ich allein sein wollte, nachdenken wollte, ein bisschen Ruhe brauchte. Aber vor ein paar Monaten hatte sich alles geändert und der Schuppen ist nicht mehr so richtig geheim. Doch er ist immer noch ein Ort, wo man es gut aushalten kann. Er hat eine Blechtür, Blechwände und ein Blechdach. Innen drin gibt es einen Blechschrank mit lauter Skalen und Anzeigen drauf und dazu ein paar alte Holzstühle. Ich weiß nicht, was das für ein Schrank ist, aber er brummt die ganze Zeit. Außerdem ist er immer schön warm.

»Schon besser«, sagte Marcus. Er hatte die Handschuhe ausgezogen und wärmte seine Finger an dem

Blechschrank. »Ich wünschte, wir hätten so einen in unserer Wohnung«, sagte er. »Es ist so kalt bei uns, dass selbst die Ratten Schals tragen.«

Er setzte sich hin und zündete sich eine Zigarette an. Ich ging hinüber und setzte mich neben ihn.

»Und«, fragte Marcus, »wieso wolltest du mich treffen? Geht's um Della?«

Ich schüttelte den Kopf. Della ist Marcus' Schwester. Sie ist 14 – vier Jahre jünger als Marcus und ein Jahr jünger als ich. Della hat einen Herzfehler. Sie kann zwar ein normales Leben führen, aber sie muss ständig aufpassen. Und sie muss dauernd ins Krankenhaus wegen irgendwelcher Checks und Scans oder Operationen.

Della und ich sind schon seit ewigen Zeiten befreundet, aber in den letzten Wochen war es mehr als Freundschaft geworden. Na ja, wir *versuchten* zumindest, mehr als nur Freunde zu sein.

Marcus grinste mich an. »Darfst du immer noch nicht zu ihr?«

Ich nickte. »Eure Mum glaubt, dass ich nicht gut bin für Dellas Herz.«

»Ja, ich weiß. Und wieso hab ich euch trotzdem neulich abends zusammen gesehen?«

»Wann?«

»Freitag, als Della eigentlich ins Krankenhaus sollte.«

»Ach so«, murmelte ich. »Ja … Freitagabend.« Ich zuckte mit den Schultern. »Da war gar nichts. Wir sind uns bloß zufällig über den Weg gelaufen …«

»Ja?«

Ich wurde rot.

Marcus lachte. »Schon gut, keine Sorge. Ich verrate Mum nichts. Aber sei vorsichtig, ja? Della ist schwer krank. Pass gut auf sie auf.«

»Mach ich.«

Er sah mich eine Weile streng an – schließlich war er Dellas großer Bruder. Dann lächelte er wieder und zog an seiner Zigarette.

»Also gut«, sagte er, »wenn es nicht um Della geht, worum geht es dann?«

»Um meinen Dad«, erklärte ich. »Ich will mit dir über meinen Dad reden.«

Das Lächeln verschwand aus Marcus' Gesicht.

Mein Dad hieß David Cherry. Er war Polizist gewesen und vor fünf Jahren bei einer Drogenrazzia ermordet worden. Sein Mörder ist nie gefunden worden. Ich war noch ein Kind, als es passierte, und

16

ich kannte meinen Dad nicht sehr gut. Er war nicht mit meiner Mum verheiratet gewesen. Er war mit einer andern verheiratet. Er hatte eine Frau, Sonia Cherry. Er hatte ein Zuhause. Er hatte ein Leben, von dem ich nichts wusste. Deshalb erfuhr ich auch nichts, als er ermordet wurde. Aber vor ein paar Monaten, als die ganze Scheiße mit Kirk lief, hatte ich zum ersten Mal etwas herausgefunden. Und eines der Dinge, die ich herausfand, war, dass Marcus mehr über meinen Dad wusste, als ich erwartet hatte.

»Du hast es gewusst, stimmt's?«, fragte ich Marcus jetzt.

»Was gewusst?«

»Wer meinen Dad umgebracht hat. Du hast es die ganze Zeit gewusst.«

Marcus zog eine Weile an seiner Zigarette, dann sah er mich an. »Bist du sicher, dass du darüber reden willst?«

»Er war mein Dad, Marcus. Was immer er sonst war und was immer andere über ihn gedacht haben, er war mein *Dad*. Ich hab ein Recht zu erfahren, was mit ihm passiert ist. Ich *will* erfahren, was mit ihm passiert ist. Und wenn du's mir nicht sagst, dann such ich einen andern. Die Wahrheit liegt irgendwo da draußen und ich werde sie finden.«

Marcus sah mich eine Weile nicht an. Er saß nur da und rauchte gedankenverloren seine Zigarette. Ich sagte nichts. Ich blieb nur sitzen und wartete. Schließlich, nach einer gefühlten Ewigkeit, kratzte sich Marcus seinen rasierten Schädel und schaute mich wieder an.

»Also gut«, sagte er leise. »Was willst du wissen?«

Das Erste, wonach ich ihn fragte, war ein Mann namens Jack Taylor. Taylors Namen hatte ich von Lee Kirk. Kirks Leben hatte damals in meinen Händen gelegen – und ich meine wortwörtlich, dass es in *meinen Händen* lag. Ich hielt ihn an der Dachkante fest, wo er 22 Stockwerke hoch in der Luft baumelte. Als ich ihn fragte, wer meinen Dad umgebracht hatte, und er den Namen Jack Taylor ausstieß, war ich ganz sicher gewesen, dass er die Wahrheit sagte.

»Jack Taylor und dein Dad haben früher zusammengearbeitet«, erklärte mir Marcus. »Taylor leitete das Rauschgiftdezernat, er war also der Chef von deinem Dad. Alle nannten ihn Tinker. Tinker Taylor – nach dem Typ aus dem Spionagefilm ›Dame, König,

As, Spion‹. Taylor ist ein mieses Stück Scheiße.« Marcus drückte die Zigarette aus, dann erzählte er weiter. »Taylor war einfach korrupt. Jeder wusste das. Und nicht nur er war korrupt. Das halbe Drogendezernat hielt die Hand auf – bei Schmiergeldern, bei Bestechungen, beim Stehlen.«

»Beim Stehlen?«, fragte ich. »Was haben die denn gestohlen?«

»Drogen zum Beispiel. Sie machten eine Razzia, behielten die Hälfte des Zeugs für sich und verkauften es dann an eine der Gangs. Ein paar Tage später haben sie die Gang hochgehen lassen und das Zeug an eine andere Gang verschachert.« Marcus schüttelte den Kopf. »Taylor und seine Truppe hatten so gut wie die ganze Siedlung im Griff. Und haben außerdem ein Schweinegeld verdient.«

»Und mein Dad?«, fragte ich. »War er auch in die Sache verwickelt?«

»Nein. Deshalb wollte ihn Taylor ja loswerden. Ich weiß es nicht sicher, aber soviel ich gehört habe, war dein Dad drauf und dran, die ganze Geschichte auffliegen zu lassen. Er hatte rausgefunden, was Taylor und die andern machten, und wollte sie wohl verpfeifen.«

»Und was ist dann passiert?«

»Er bekam nie die Chance, sie zu verpfeifen. Er wollte sichergehen, dass er genügend Beweise hatte, um seine Anschuldigungen zu untermauern. Er ermittelte noch, als er umgebracht wurde.« Marcus sah mich an. »Die Drogenrazzia war eine Falle. Taylor wusste, was dein Dad vorhatte, also setzte er die Razzia an, sorgte dafür, dass dein Dad allein war, und hat irgend so einen zwielichtigen Kerl gezwungen, ihn umzunieten.«

»Scheiße«, flüsterte ich.

»Ja, ich weiß … tut mir leid.«

»Taylor hat meinen Dad umgebracht, nur um ihn am Reden zu hindern?«, fragte ich.

»Na ja, Taylor hat es nicht selbst getan. Ich meine, er hat nicht selbst abgedrückt. Aber ja, er hat den Auftrag gegeben.«

»Was ist mit dem Kerl passiert, der abgedrückt *hat*?«

»Der ist ein paar Wochen später gestorben. Vermutlich an einer Überdosis.«

»Vermutlich? Was soll das heißen?«

Marcus zuckte die Schultern. »Ist alles komplett zugedeckt worden. Niemand wusste was Genaues.«

»Scheiße«, sagte ich wieder.

Ich hatte keine Ahnung, was ich sonst sagen sollte. Es war einfach so … ich weiß nicht. So verkehrt. So dämlich. So armselig.

Ich schaute zu Marcus. »Wieso?«

Er zog die Augenbrauen zusammen und sah mich an. »Wieso? Ich hab dir doch gerade gesagt, wieso …«

»Nein, ich meine, wieso hast du mir das nie erzählt? Wieso hat Mum mir das nicht erzählt? Wieso hat niemand mir was erzählt?«

Die nächste halbe Stunde versuchte Marcus, mir zu erklären, wieso mir niemand etwas erzählt hatte. Es gab viele Gründe und das Ganze war total kompliziert. Aber am Ende lief alles auf lauter Getuschel und Gerüchte hinaus.

Die Gerüchte hatten nach Dads Tod angefangen – Gerüchte, dass *er* korrupt gewesen sei, dass *er* es gewesen sei, der Drogen geklaut und weiterverkauft hatte. Es gab auch andere Gerüchte – alle möglichen üblen Geschichten. Aber Dad war tot und als Held gestorben, deshalb hatten alle die Klappe gehalten. Und was noch wichtiger war: Er war Polizist gewesen. Die Polizei wollte kein Gerede über einen der ihren.

21

»Wer hat mit den Gerüchten angefangen?«, fragte ich.

»Was glaubst du?«

Jack Taylor.

Und, erklärte Marcus, Taylor war zufällig auch noch ein sehr guter Freund von Dads Frau Sonia Cherry gewesen. Er wusste von Dads Affäre mit meiner Mum. Er wusste, dass sie zusammen ein Kind hatten – meine Wenigkeit. Das war ein weiterer Grund, wieso alle die Klappe gehalten hatten. Man musste die trauernde Witwe schonen.

»Nicht dass sie so furchtbar trauerte«, ergänzte Marcus.

»Woher weißt du das?«, fragte ich ihn.

Er zuckte die Schultern. »Die Leute reden … du hörst was …«

»Kennst du sie? Dads Frau? Ich meine, weißt du, wie sie so ist?«

»Nicht wirklich. Das Einzige, was ich weiß, ist, dass sie wohl ziemlich schnell über den Tod deines Dads hinweggekommen ist und jetzt in einem hübschen, großen Haus wohnt.«

»Hat sie Kinder?«

»Keine Ahnung.«

»Was ist mit meiner Mum?«, fragte ich Marcus. »Weiß sie irgendwas?«

Er schaute weg. »Da musst du sie selber fragen.«

Ich war mir sicher, dass er mehr wusste, als er preisgab, aber wahrscheinlich hatte er recht – es war nicht seine Aufgabe, mir zu erzählen, was Mum wusste. Das war eine Sache zwischen ihr und mir. Mir war nur nicht klar, wie ich sie fragen sollte. Ich *wollte* mit ihr über Dad reden. Ich *wollte* ihr Fragen stellen und rausfinden, wie viel sie wusste. Aber ich konnte es nicht. Irgendetwas hielt mich davon ab, auch wenn ich nicht wusste, was.

Hatte ich Angst vor der Wahrheit?

Hatte ich Angst, herauszufinden, dass sie Dinge vor mir verborgen hatte?

Hatte ich Angst, sie würde mir nichts erzählen?

Oder hatte ich Angst, sie aufzuregen? Angst, sie an die Vergangenheit zu erinnern?

Meine Mum ist in einem kleinen Dorf nördlich von Mexico City geboren. Sie kam mit ihrer Mum nach England, als sie noch ein Baby war.

Wer ihr Vater war, wusste sie nicht.

Ihre Mutter starb, kurz nachdem sie in England

ankamen, und Mum hat nie rausgefunden, warum sie Mexiko verlassen mussten. Der Rest der Familie wollte sie nicht wieder aufnehmen, deshalb musste sie in England bleiben. Sie hat in Kinderheimen oder bei Pflegeeltern gelebt, bis sie alt genug war, für sich selbst zu sorgen.

Sie hat ein schweres Leben gehabt …

Warum sollte ich es ihr noch schwerer machen?

Ich sah Marcus an. Er stand gerade auf und knöpfte sich den Mantel zu.

»Gehst du?«, fragte ich.

Er nickte. »Viel zu tun. Schwierig, Geschäfte zu machen bei dem ganzen Gangscheiß, der gerade läuft. Nicht einfach, sein Geld zu verdienen, wenn überall in der Siedlung die Bullen rumlaufen.«

Ich sah ihm zu, wie er die Mütze aufsetzte und sich die Handschuhe überzog. Ich wusste nicht, wo er hinwollte oder was er dort vorhatte.

Ich hab keine Ahnung, wie Marcus sein Geld verdient. Ich glaube, niemand weiß das außer ihm selbst. Ich weiß nur, dass er irgendwelche Geschäfte macht. Er dealt nicht mit Drogen, aber er kauft und verkauft so ziemlich alles andere und das beinhaltet auch Informationen. Und Marcus weiß *alles*, was es über die Siedlung zu wissen gibt.

»Dieser Kerl, der meinen Dad erschossen hat«, sagte ich, »dieser zwielichtige Typ, den Taylor gezwungen hat, ihn umzubringen – wie hieß der?«

»Er ist tot«, sagte Marcus. »Das hab ich dir doch gesagt.«

»Ich weiß.«

»Wieso willst du dann seinen Namen wissen?«

»Hat er hier in der Siedlung gewohnt?«

»Ja … im East Tower.«

»Hatte er Familie?«

»Es gibt noch eine Schwester …«

»Ich will mit ihr reden.«

»Sie wird dir nichts sagen.«

»Wieso nicht?«

»Weil sie vor Taylor Angst hat. Sie weiß, was er ihrem Bruder angetan hat, und sie weiß, was *ihr* blüht, wenn sie nicht schön brav ihr Maul hält. Und selbst wenn sie anfangen würde zu reden – sie steht die ganze Zeit so unter Drogen, dass ihr sowieso kein Mensch glauben würde, was sie erzählt. Sie ist ein totales Wrack, Johnny. Und Taylor versorgt sie bestens, damit das auch ja so bleibt.«

»Wie heißt sie?«

»Ich glaub echt nicht, dass das eine gute Idee ist ...«

»Wie heißt sie, Marcus?«

Er seufzte wieder. »Du hast nicht vor, das Ganze ruhen zu lassen, stimmt's?«

»Stimmt.«

»Du bist hinter Taylor her, oder?«

»Ja.«

»Er ist nicht mehr bei der Polizei.«

»Ich weiß.«

Marcus sah mich an. »Du hast dich schon über ihn kundig gemacht?«

»Nicht richtig. Ich hab ihn nur gegoogelt. *Jack Taylor & Partner – Geschäfts- und Privatnachforschungen.*« Ich lächelte Marcus an. »Er ist Privatdetektiv.«

»Und jetzt stellst *du* Nachforschungen über ihn an?«

»Ja.«

Marcus schniefte und putzte sich die Nase. »Und wenn ich dir sagen würde, lass die Finger davon? Wenn ich dir sagen würde, vergiss das Ganze, alles, was du vorhast, bringt dich um? Würdest du auf mich hören?«

»Nein.«

»Du lernst nie, was?«

»Wie meinst du das?«

»Dieser Privatdetektivkram … ich meine, ich weiß, du willst einer sein, aber schau doch, was letztes Mal passiert ist, als du angefangen hast rumzuschnüffeln. Du bist zusammengeschlagen worden. Sie haben dich unter Drogen gesetzt. Du hast es fast geschafft, dass der Typ Della vom Dach geworfen hätte.«

»Das hier ist etwas anderes …«

»Nein, ist es nicht.«

Ich sah ihn an. »Ja gut«, sagte ich, »aber was würdest du denn tun, wenn du herausfindest, dass dein Dad umgebracht wurde und der Typ, der den Mord in Auftrag gegeben hat, noch da draußen rumläuft? Würdest du das Ganze auf sich beruhen lassen? Würdest du das Ganze einfach vergessen?«

Sobald ich es ausgesprochen hatte, wusste ich, dass es dämlich war. Denn Marcus' Dad war umgebracht worden. Jemand hatte ihm mit einem angespitzten Löffel in den Hals gestochen. Und jetzt sah ich, wie Marcus darüber nachdachte, sich erinnerte. Und ich wünschte, ich hätte die Klappe gehalten.

»Tut mir leid, Marcus«, fing ich an. »Ich wollte das nicht sagen …«

»Robbie Franks«, antwortete er.

»Was?«

»Der Typ, den Taylor angeheuert hat, deinen Alten zu erschießen – er hieß Robbie Franks. Seine Schwester heißt Tisha.« Marcus brach auf. »Warte morgen früh um zehn Uhr vor dem North Tower auf mich und ich bring dich zu ihr.«

Nachdem Marcus gegangen war, blieb ich noch lange in dem Schuppen, ohne irgendwas zu tun. Ich starrte nur auf den Boden und dachte nach. Über mich, meinen Dad, über Marcus, Della, Robbie Franks, Tisha Franks … was ich bei dem Ganzen fühlte … der Vergangenheit, der Gegenwart, der Zukunft … was ich tun wollte, was ich tun würde.

Ich dachte darüber nach.

Ich versuchte, das alles zu klären.

Dann gab ich das Nachdenken auf und ging nach Hause.

Tisha Franks

Als Marcus am nächsten Morgen um zehn Uhr auftauchte, entdeckte ich Benny Toogood in seinem
Schlepptau. Ich freute mich, ihn zu sehen.

»Alles okay?«, fragte Marcus.

Ich nickte ihm zu, dann lächelte ich Toog an. Er
wirkte so riesig wie immer – riesig, langsam und
still. Toog sagt nie viel. Aber wenn du so ein Riese
bist, musst du ja auch nicht viel sagen. Heute hatte
er einen Anzug an – frag mich nicht, wieso. Keinen
Mantel, nur einen gebrauchten Anzug, der ungefähr
drei Nummern zu klein für ihn war. Dazu trug er
eine knallrote Pudelmütze und Gummistiefel.

»Steht dir, Toog«, sagte ich.

Er nickte mir zu.

Ich wandte mich an Marcus. »Müssen wir uns auf

Ärger gefasst machen?« Ich fragte mich, ob Toog vielleicht deshalb mitgekommen war.

»Nicht wirklich«, antwortete Marcus. »Ich dachte nur, vielleicht hat Toog ja Lust, uns ein bisschen Gesellschaft zu leisten, das ist alles.« Er lächelte mich an. »Bist du bereit?«

»Ja.«

»Dann los.«

Als wir den Square in Richtung East Tower überquerten, verdunkelte sich der Himmel und grauer Schneeregen kam herunter.

Die Wohnung von Tisha Franks lag im sechsten Stock. Ihre Mutter ließ uns herein. Eine Schwarze mit kalten Augen, ungefähr 45 Jahre alt. Sie trug eine dicke Wolljacke, eine schwarze Baskenmütze und flauschige Bunny-Pantoffeln. Ihr Gesicht hatte eine kränklich graue Färbung. Sie sah niemanden an und sprach auch kein einziges Wort, sondern öffnete einfach nur stumm die Tür, führte uns ins Wohnzimmer und verschwand.

Tisha saß zusammengesackt in der Mitte des Zimmers auf einem versifften Sofa. Sie war echt dürr, man konnte sämtliche Knochen erkennen und ihr Gesicht war ganz hohlwangig und ausdruckslos. Die

Sachen, die sie anhatte, waren eigentlich hauteng geschnitten, hingen aber lose an ihrem Körper herab. Es war schwer zu sagen, wie alt Tisha war. Sie hatte das Gesicht und den Körper eines jungen Mädchens, doch ihre Augen wirkten alt und müde. Ich schätzte sie auf Mitte zwanzig. Als wir reinkamen, starrte sie mit leerem Blick in einen Breitbildfernseher und schien uns überhaupt nicht zu bemerken.

Aber die zwei Typen, die rechts und links neben ihr saßen, bemerkten uns durchaus.

Der zur Linken war ein schwarzhäutiger Koloss mit rasiertem Schädel und einer Goldkette um den Hals. Der andere war ein dürrer kleiner Mischling. Er schien ungefähr so alt wie ich, fünfzehn oder sechzehn.

»Alles okay, Danny?«, fragte Marcus den Jungen.

Der Junge antwortete nicht.

Marcus nickte zu dem Koloss hinüber und fragte Danny: »Was macht der hier?«

Danny antwortete nicht, sondern starrte Marcus nur an. Er versuchte, tough zu wirken, hatte dafür aber nicht das passende Gesicht. Marcus lächelte ihn an, dann wandte er sich zu mir um. »Danny ist Tishas Stiefbruder«, erklärte er. »Er wohnt im West-

Tower, hängt aber die letzten paar Monate mehr mit den E-Boys rum. Hält das für einen cleveren Schachzug.« Marcus schüttelte den Kopf. »Ist echt eine Schande … Wenn er nicht so dumm wär, wär er ein ganz anständiger Kerl.« Marcus schaute zu dem Koloss hinüber. »Und der da nennt sich Streak«, erklärte er mir. »Danny meint, er passt auf Tish auf, aber ich glaube, er hat mehr den Auftrag, Danny im Auge zu behalten.« Marcus grinste den schwarzen Schranktypen an. »Hab ich recht, Streak?«

Streak starrte nur zurück.

»Du kannst gehen«, erklärte ihm Marcus.

»Ich geh nirgendwohin«, antwortete Streak.

»Das ist keine Bitte, sondern eine Aufforderung.«

»Ich geh nirgendwo …«

»Letzte Chance«, sagte Marcus. »Entweder du verschwindest durch die Tür oder du verschwindest durchs Fenster. Deine Entscheidung.«

Streak schaute zu Toog hoch, der dastand und auf ihn herabsah. Streak war ein Schrank, aber verglichen mit Toog war er gar nichts. Toog ist ein Riese – zwei Meter groß, riesiger Kopf, riesige Hände, riesige Schultern. Ich sah, wie Streak überlegte, seine Chancen abwägte, sich fragte, ob Toog ihn tatsächlich aus dem Fenster werfen würde. Er brauchte nicht lange für seine Entscheidung.

»Ja, okay«, murmelte er und stand auf. »Ich wollt sowieso gerade gehen.«

»Klar«, sagte Marcus.

Streak schaute zu Danny, während er zur Tür ging. »Bis später«, sagte er.

Es klang wie eine Drohung, aber Danny antwortete nicht.

Marcus wartete, bis Streak aus dem Zimmer war, dann nickte er Toog zu, die Tür zu schließen, und setzte sich neben Tisha aufs Sofa. »Hey, Tish«, sagte er, »ich bin's, Marcus. Marcus Hood. Erinnerst du dich?«

Tisha verdrehte die Augen und sah ihn an. Sie wirkte wie halb im Schlaf. »Wer?«, nuschelte sie.

Marcus sah ihr in die Augen. »Hör zu, Tish. Ich muss mit dir über was reden. Ist das okay? Ich will dich nur ein paar Sachen fragen …«

»Moment«, mischte sich Danny ein. »Ich weiß nicht. Was ist, wenn Tisha überhaupt nicht mit dir reden will?«

Marcus sah ihn an. »Halt die Klappe, Danny. Ich rede mit Tisha, okay? Wenn sie nicht mit mir reden will, kann sie mir das selbst sagen. Kapiert?«

»Ja, aber …«

»*Kapiert?*«

Danny nickte.

Marcus starrte ihn noch einen Augenblick an, dann wandte er sich wieder Tisha zu. »Es geht um Robbie«, sagte er. »Ich weiß, das ist lange her, aber es ist echt wichtig …« Sie starrte wieder in den Fernseher. Marcus schnippte mit den Fingern vor ihren Augen, um ihre Aufmerksamkeit zu bekommen. »Tish?«, sagte er. »Hey, Tisha?«

Sie sah ihn an. »Hm?«

»Erzähl uns von deinem Bruder. Erinnerst du dich, was mit ihm passiert ist?«

»Robbie ist tot«, sagte sie schläfrig.

»Ja, ich weiß …«

»Er wollte das nicht tun …«

»Was nicht tun?«, fragte Marcus. »Er wollte was nicht tun?«

Tisha schüttelte den Kopf. »Kann ich nicht sagen …« Sie schaute zu mir rüber und versuchte, den Blick zu fokussieren. »Wer ist das?«

»Das ist Johnny«, erklärte Marcus. »Sein Dad hat früher mal für Jack Taylor gearbeitet. Du weißt doch, wer Jack Taylor ist, oder?«

Ihre Augen wurden kalt. »Ja … Dreckschwein.« Sie warf Danny einen kurzen Blick zu, dann beugte sie sich vor und flüsterte Marcus zu: »Er hat Robbie umgebracht.«

»Jack Taylor hat Robbie umgebracht?«

»Hm.«

»Und wie?«

»Hat ihm so 'n beschissenen Scheiß gegeben …«, sagte sie mit einem benebelten Grinsen. »Guten Stoff … fast rein … hat ihm die Birne zermatscht.«

»Und wieso hat er das getan?«

»Wer … Robbie?«

»Nein, wieso hat Taylor Robbie umgebracht?«

Sie grinste wieder und tippte sich diesmal mit dem Finger seitlich an die Nase. »Geheimnis«, nuschelte sie. »Is 'n Geheimnis …«

Marcus seufzte. »Hör zu, Tisha … hör zu. Das ist kein Geheimnis. Jeder weiß, was Robbie gemacht hat.«

Tisha schüttelte den Kopf. »Er wollte das nicht … Taylor hat ihn dazu gezwungen. Er hätte ihn hinter Gitter gebracht, wenn Robbie nicht …«

»Ich weiß, Tisha«, sagte Marcus. »Die Sache ist nur, der Typ, den Robbie umgebracht hat …« Er sah zu mir rüber, dann wandte er sich wieder Tisha zu. »Er war Johnnys Dad.«

»Wer ist Johnny?«

»Ich«, sagte ich. »Ich bin Johnny.«

Sie sah zu mir hoch. »Hm?«

»Dein Bruder hat meinen Dad umgebracht.«

»Er wollte das nicht …«

»Ja, ich weiß. Jack Taylor hat ihn dazu gezwungen. Danach hat Taylor Robbie umgebracht. Und jetzt bringt er dich um.«

Sie blinzelte mich traurig an.

»Macht dir das gar nichts aus?«, fragte ich sie.

Sie antwortete nicht, sondern starrte mich nur weiter an. Marcus starrte mich auch an, und ich wusste, er wollte, dass ich das Reden ihm überließ, aber ich konnte mich nicht mehr zurückhalten.

»Kümmert dich das gar nicht?«, fragte ich Tisha. »Dein Bruder ist tot, du weißt, wer ihn umgebracht hat, und du liegst hier den ganzen Tag rum, total stoned …«

»Du weißt nicht, wie das ist«, sagte sie jetzt sauer. »Du weißt gar nichts.«

»Willst du nicht, dass Taylor für Robbies Tod bezahlt?«

»Wozu? Macht doch keinen Unterschied, oder? Robbie kommt nicht mehr wieder, egal was ich tu.« Sie schüttelte den Kopf und versuchte, in ihrem Hirn Klarheit zu schaffen. »Außerdem – was soll ich denn tun? Ich brauch doch nur einen Furz lassen und Taylor weiß Bescheid. Ich kann gar nichts tun.«

»Und ich?«

»Was ›und du‹?«

»Ich hab keine Angst vor Taylor. Wenn ich beweisen kann, was er getan hat, dann lass ich ihn für den Rest seines Lebens einlochen.«

»Das glaubst du?«

»Ja.«

Sie lachte. »Der trampelt dir die Scheiße aus dem Leib.«

»Zumindest bin ich bereit, es zu versuchen.«

»Weil du bescheuert bist.«

Ich sah sie an. Sie war wütend. Ihre Stimme klang böse, aber ihre Augen waren voller Tränen. Ich schaute zu Marcus. Er zuckte mit den Schultern, als wollte er sagen: *Ich hab dir doch gesagt, dass das vergeudete Zeit ist.* Ich schaute wieder zu Tisha. Danny hielt jetzt ihre Hand. Sie saß ganz still da. Und sie machte auch kein Geräusch, als ihr die Tränen übers Gesicht liefen. Es war, als würde ich einer Toten beim Weinen zuschauen.

Danny sah mich an. In seinen Augen lag Hass, Hass und Trauer.

»Tut mir leid«, sagte ich. »Ich wollte sie nicht … ich wusste nicht … tut mir leid. Wir gehen.« Ich wandte mich zu Marcus um. »Komm, lass uns verschwinden.«

Marcus stand auf, nickte Toog zu und wir wollten gerade zur Tür.

»Warte«, rief Tisha. »Einen Moment …«

Ich drehte mich um und sah, wie sie versuchte, aus dem Sofa hochzukommen. Sie war so schwach, dass es ihr nicht gelungen wäre, wenn Danny ihr nicht geholfen hätte.

»Geht schon«, sagte sie zu Danny. »Geht schon.«

Er ließ sie los und sie ging langsam durchs Zimmer. Vor einem Schrank blieb sie stehen und wartete einen Moment, dann bückte sie sich und öffnete unten eine Schublade. Sie fing an, drin rumzuwühlen. Ich warf Marcus einen Blick zu.

»Was macht sie?«, flüsterte ich.

Er zuckte mit den Schultern.

Dann schaute er zu Tisha zurück. Sie war wieder

aufgestanden und kam auf uns zu. Schließlich blieb sie vor mir stehen, als ob sie über irgendwas nachdächte, und reichte mir ein Blatt Papier. Ich sah es an. Es war eine rausgerissene Seite aus einem Notizbuch – knittrig, ausgefranst und in der Mitte zusammengefaltet.

»Nimm's«, sagte Tisha zu mir. »Robbie hatte es für mich hinterlegt. War in so 'nem geschlossenen Umschlag. Vielleicht hilft es ja nicht weiter, aber es ist das Einzige, was ich hab.« Sie warf mir ein trauriges Lächeln zu. »Und du sagst auf keinen Fall, dass du's von mir hast, verstanden?«

Ich nickte nur, weil ich nicht wusste, was ich sagen sollte.

Sie stand da und sah mich eine Weile an, dann drehte sie sich um und ging zum Sofa zurück. Danny nahm ihre Hand und half ihr liebevoll, sich hinzusetzen. Ich wollte mich von ihr verabschieden, aber sie war schon wieder weggetreten. Zusammengesackt saß sie im Sofa und ihre Augen starrten mit leerem Blick in den Fernseher.

Danny sah uns nicht an, als wir aus dem Zimmer gingen.

Im Aufzug nach unten faltete ich das zerfranste

Stück Papier auseinander und las, was darauf stand. Es war eine Nachricht von Robbie an Tisha, mit Bleistift geschrieben. Die Handschrift war krakelig, als ob er in Eile geschrieben hätte.

Tish, stand dort, *ich hoffe, du wirst das nie lesen, denn wenn, dann heißt das, ich bin tot. Aber du weißt, ich bin in eine üble Sache reingeschlittert, und du weißt auch, dass ich es nicht tun wollte, doch ich konnte es nicht verhindern. Egal, wenn mir was zustößt, dann war es Taylor, hörst du? Er hat mich gezwungen, diesen Bullen zu erledigen, und jetzt will er mich töten.*

Nur damit du es weißt.

Ich liebe dich.

Robbie.

Jack Taylor

Am Nachmittag nahm ich den Bus zur U-Bahn-Station und fuhr von dort in die Stadt. In Paddington stieg ich aus, schaute noch mal auf der Karte nach und lief dann zu Fuß. Der Schneeregen ging inzwischen in richtigen Schnee über und es war so dunkel, dass man das Gefühl hatte, es wär Nacht.

Es war nicht weit, nach zehn Minuten stand ich vor einem Bürohaus in einer ruhigen Seitenstraße der Baker Street. Die Scheiben waren getönt, sodass ich nicht reingucken konnte, aber ich wusste, dass ich hier richtig war. Auf dem Fenster stand in Goldbuchstaben: *Jack Taylor & Partner – Geschäfts- und Privatnachforschungen*.

Ich holte tief Luft, öffnete die Tür und trat ein.

Es war ein teuer wirkendes Büro – mit dicken Teppichen, Ledersesseln, Zeitschriften auf einem Glastisch. Es gab eine schicke Kaffeemaschine und ausgefallene Bilder an der Wand. Am hinteren Ende des Wartebereichs sah ich zwei geschlossene Türen. Vor den beiden Türen, gegen die Wand gerückt, stand ein Empfangstisch. Hinter dem Tisch saß eine junge blonde Frau. Gepflegte Kleidung, gepflegtes Haar und ein atemberaubendes Gesicht. Sie war eine dieser Frauen, die so gut aussehen, dass du dich vor ihnen klein und dämlich fühlst.

Während ich hereinkam und zu dem Empfangstisch vorging, schaute sie nicht mal hoch. Sie saß nur mit kühler Miene da und starrte irgendwas auf dem Computerbildschirm an. Ich blieb vor dem Schreibtisch stehen. Sie sah mich immer noch nicht an. Ich hustete, um auf mich aufmerksam zu machen. Sie ignorierte mich noch ein paar weitere Sekunden. Dann drückte sie auf die Tastatur – einmal, zweimal – und schaute endlich hoch.

»Ja, bitte?«, fragte sie.

Ich lächelte sie an. »Ich würde gern Mr Taylor sprechen.«

»Haben Sie einen Termin?«

»Nein. Ich dachte nur …«

»Mr Taylor ist ein sehr beschäftigter Mann«, sagte sie. »Wenn Sie ihn sprechen wollen, müssen Sie einen Termin ausmachen.« Sie warf mir ein kurzes, kaltes Lächeln zu, schaute wieder in ihren Bildschirm und tippte auf der Tastatur rum.

»Hat er im Moment gerade zu tun?«, fragte ich.

»Ja«, sagte sie, ohne aufzusehen.

»Es dauert auch nicht lange … ich will ihn nur ganz kurz sprechen, eine Minute.«

Sie hörte auf zu tippen und schaute zu mir hoch. »Wie ich schon sagte, Sie brauchen einen Termin. Und jetzt entschuldigen Sie mich bitte, ich habe zu tun.«

Sie tippte weiter.

Ich stand nur da und beobachtete sie. Ich wusste, dass sie mich immer noch sah, aber sie würde mich nicht anschauen. Deshalb wartete ich einfach. Nach einer Weile stieß sie einen Seufzer aus, hörte auf zu schreiben und schaute mich wieder an.

Ich lächelte. »Ich bin noch da.«

»Das sehe ich.«

»Könnten Sie nicht Mr Taylor einfach sagen, dass ich hier bin? Es macht mir nichts aus zu warten.«

Sie schüttelte den Kopf. »Wenn Sie nicht sofort

gehen, fürchte ich, muss ich jemanden bitten, Sie nach draußen zu bringen.«

»Fünf Minuten«, sagte ich. »Mehr will ich ja gar nicht …«

»Okay«, sagte sie. »Das reicht. Ich rufe den Sicherheitsdienst.« Sie griff nach dem Telefon, doch gerade, als sie eine Taste drücken wollte, öffnete sich eine der Türen und drei Leute kamen heraus – ein Mann, eine Frau und ein Mädchen. Der Mann war groß und schwer, mit sehr kurz geschnittenem grauem Haar. Er hatte den Arm um die Schulter der Frau gelegt und sie lächelten sich an, als ob sie gerade ein Geheimnis besprochen hätten.

Das Mädchen war ungefähr 16 oder 17 und musste wohl die Tochter der Frau sein. Sie hatten das gleiche elegante Gesicht, die gleichen dunklen Augen, den gleichen stolzen Blick. Sie trugen sogar die gleiche Designerkleidung – elegant designt die Mutter, punkig designt die Tochter. Aber irgendwas an der Tochter unterschied sie von ihrer Mutter … irgendwas, das mir ein seltsames Gefühl gab, als ob ich sie kennen würde. Ich wusste nicht, was es war, aber irgendwie erinnerte es mich an etwas … oder jemanden.

Ich schaute zu der Empfangsdame. Sie hielt noch

immer den Finger bereit, um die Taste für den Sicherheitsdienst zu drücken, doch jetzt schaute sie hinüber zu dem grauhaarigen Mann. Als er die Frau und das Mädchen mit einem Kuss verabschiedet hatte und ihnen nachblickte, wie sie hinausgingen, verschwand sein Lächeln und er schaute zu mir. Als er mich sah, schien sich sein Gesicht einen Augenblick lang zu verdunkeln. Dann, fast im selben Moment noch, lächelte er schon wieder und blickte die Empfangsdame an.

»Alles okay, Mandy?«, fragte er.

»Ich … äh … ich wollte gerade den Sicherheitsdienst anrufen, Mr Taylor«, erklärte sie ihm.

»Wirklich?« Er schaute wieder zu mir, dann zurück zu Mandy. »Stimmt was nicht?«

»Der Herr da weigert sich zu gehen«, sagte sie. »Ich habe ihm gesagt, dass Sie beschäftigt sind, aber er lässt sich nicht abweisen.«

»Stimmt das?« Er lächelte mich an. »Worum geht's denn, mein Junge?«

»Um nichts, ich wollte Sie nur ganz kurz sprechen, nichts weiter.«

»Weswegen?«

Ich tat verlegen. »Es ist nur … also, ich wollte

schon immer Privatdetektiv werden, wissen Sie ...
so wie Sie. Und ich hatte gehofft, Sie könnten mir
ein paar Tipps geben. Ich hab viel über Sie gelesen,
verstehen Sie ... ich hab über einige Ihrer Fälle gelesen ...«

»Wirklich?«

»Ja ...«

Er lächelte wieder, dann schaute er zu der Empfangsdame. »Wann ist mein nächster Termin, Mandy?«

»Um drei«, antwortete sie. »Die Barton-Versiche-
rung.«

Er warf einen Blick auf seine Uhr, dann machte er
sich auf, zurück in sein Büro. »Also komm«, sagte er
zu mir. »Ich gebe dir 15 Minuten.«

Sein Büro war warm und bequem. Es gab einen
großen Schreibtisch aus Eichenholz, Regale voller
Bücher und weitere Ledersessel. Die Wände waren
mit gerahmten Urkunden und Fotos übersät. Die
meisten Fotos zeigten Jack Taylor mit berühmten
Gesichtern – Fernsehpromis, Fußballspielern, Leuten, die ich in den Nachrichten gesehen hatte –,
aber ein paar Bilder stammten auch aus der Zeit, als
er noch bei der Polizei war.

Sie zeigten einen jungen Jack Taylor in Uniform,

Jack Taylor auf einer Pressekonferenz, Jack Taylor, wie er einen berüchtigten Kriminellen festnahm. Ein Foto zeigte Jack Taylor auch bei einer Polizeibeerdigung. Da stand er, mit jeder Menge anderer Polizisten, alle in Uniform und mit Orden. Irgendwie wusste ich sofort, dass es Dads Beerdigung war. Neben Taylor stand eine Frau in Schwarz, die sich die Augen mit einem Taschentuch tupfte. Ich war mir nicht sicher, aber sie sah aus wie die Frau, die ich vor ein paar Minuten aus seinem Büro hatte kommen sehen.

Ich schaute zu Taylor, wie er sich an den Schreibtisch setzte – kalt, hart und selbstzufrieden. Hatte er irgendeine Vorstellung, wer ich war?

»Setz dich, mein Junge«, sagte er und zeigte auf einen Stuhl. »Wie heißt du?«

»Vernon«, antwortete ich, während ich gegenüber von ihm Platz nahm. »Vernon Small.«

Er lächelte mich an. »Gut, Vernon … und du willst also Privatdetektiv werden?«

Die nächsten zehn Minuten erzählte er mir alles über sich und seine Firma. *Ich hab dies gemacht, bla bla bla … meine Firma hat das gemacht, bla bla bla … ich weiß alles, bla bla bla …*

Ich saß nur da, nickte und lächelte, während er immer weiter schwadronierte. Ich hörte nicht richtig zu. Ich konnte es einfach nicht. Während ich in seine kalten, grauen Augen starrte, war die einzige Stimme, die ich hörte, die Stimme des Hasses in meinem Kopf.

Du hast meinen Dad umgebracht, sagte sie.

Du hast meinen Dad umgebracht.

Du hast meinen Dad umgebracht.

DU HAST MEINEN DAD UMGEBRACHT ...

»Das stimmt nicht«, hörte ich Taylor sagen.

»Was?«, fragte ich, plötzlich hellwach. »Was stimmt nicht?«

Er sah mich stirnrunzelnd an. »Das habe ich doch gerade gesagt – die Art, wie Privatdetektive im Kino oder im Fernsehen dargestellt werden ... das stimmt einfach nicht. Wir tragen weder Waffen noch geraten wir in Auseinandersetzungen. Wir rasen nicht in schnellen Autos durch die Gegend. Das ist alles Humbug. Die meiste Zeit telefonieren wir oder sitzen am Computer.« Er schüttelte den Kopf. »Du brauchst die richtigen Fachkenntnisse, wenn du Privatdetektiv werden willst. Es ist wie mit jedem anderen Job. Der beste Rat, den ich dir also geben kann, lautet: Mach eine vernünftige Ausbildung. Sieh zu, dass du einen guten Schulabschluss bekommst, geh auf die Uni und danach zur Polizei oder zum Militär. Sammle ein bisschen Erfahrung. Dann, wenn du das alles geschafft hast, komm wieder vorbei und besuch mich.« Er grinste. »Man weiß ja nie, vielleicht habe ich zufällig einen Job für dich.«

»Wenn Sie dann noch da sind«, sagte ich.

Er sah mich mit einem kalten Lächeln an. »Ich werde noch da sein, mein Junge. Mach dir deswegen keine Sorgen.«

Ich warf einen Blick zu den Fotos an der Wand. »Waren Sie gern Polizist?«, fragte ich.

Er nickte. »Waren die besten Jahre meines Lebens.«

»Warum sind Sie dann gegangen?«

Er starrte mich an. Einen Moment lang sah ich ihn wütend werden. Dann lächelte er wieder. »Ich brauchte eine neue Herausforderung«, sagte er. »Es war Zeit zu gehen und etwas Neues zu machen, ganz einfach.« Er schaute auf seine Uhr. »Und jetzt, fürchte ich, ist es für dich Zeit zu gehen.« Er stand auf. »Also, Vernon, tut mir leid, dass wir uns nur so kurz unterhalten konnten, aber ich hoffe, ich habe dir ein bisschen was zum Nachdenken gegeben.«

»Ja, danke. Eine Menge. Sie waren echt hilfreich. Kann ich Ihnen noch eine Frage stellen?«

Er schaute wieder auf seine Uhr. »Na gut, dann los.«

»Also, mir ist da gerade was eingefallen …« Ich sah ihm genau in die Augen. »Wenn Sie versuchen, gegen jemanden zu ermitteln … wenn Sie versuchen, jemandem auf die Schliche zu kommen … wie gehen Sie da vor?«

Taylor starrte mich lange an – mit kaltem Blick, das Gesicht leer und ausdruckslos. Nach einer gefühlten Stunde drang wieder ein Lächeln in seine Mundwinkel und er kam hinter seinem Schreibtisch vor, um zur Tür zu gehen.

»Beweise«, erklärte er, »du brauchst Beweise. Du brauchst Beweise, um zu belegen, dass jemand etwas getan hat. Ohne Beweise kommst du an niemanden ran. Wenn du keine Beweise hast, kannst du es gleich sein lassen.« Er öffnete die Tür und wartete auf mich. »Wenn ich du wäre, würde ich mir das gründlich hinter die Ohren schreiben, Vernon. Ohne Beweis hast du nichts in der Hand.« Er zwinkerte mir zu. »Vergiss das nicht.«

Mandy, die Empfangsdame, sah mich nicht an, als

ich herauskam. Sie war wieder viel zu sehr mit Tippen beschäftigt. Ich ging an ihrem Schreibtisch vorbei, dann blieb ich stehen und drehte mich um, als ob ich mich plötzlich an etwas erinnert hätte.

»Schlüssel«, sagte ich.

Mandy schaute auf. »Wie bitte?«

»Mr Taylor hat mich gebeten, Sie zu fragen, ob die ihre Schlüssel dagelassen hätten.«

»Wer?«

Ich kratzte mich am Kopf. »Tut mir leid … die Namen hab ich vergessen … die Frau und das Mädchen, mit denen er vorhin zusammen war …«

»Sie meinen Mrs Cherry und Pippa?«

»Ja, genau. Haben die beiden ihre Schlüssel bei Ihnen gelassen?«

»Welche Schlüssel? Warum sollten sie ihre Schlüssel bei mir lassen?«

Ich zuckte die Schultern. »Keine Ahnung … Mr Taylor hat mich bloß gebeten, Sie das zu fragen.«

Sie sah mich an und schüttelte den Kopf, als ob ich ein Idiot wäre.

»Schon gut«, sagte ich. »Keine Sorge.« Ich warf ihr ein Lächeln zu. »War nett, Sie kennenzulernen, Mandy. Danke für Ihre Hilfe. Tschüss.«

Vielleicht wirkte und klang ich ja ganz normal, als ich das Büro verließ, aber ich war es nicht. In meinem Kopf wirbelte es. Ich konnte kaum geradeaus denken. Die Frau, die ich zusammen mit Taylor gesehen hatte, war Mrs Cherry … Sonia Cherry … die Frau meines Vaters … die Frau in Schwarz auf dem Beerdigungsfoto … die Witwe meines Dads. Und das Mädchen … die Tochter … Pippa? Wenn sie Sonias Tochter war … wenn sie *wirklich* Sonias Tochter war …

Bedeutete das auch, dass sie die Tochter von meinem Dad war?

Die Tochter von *meinem* Dad …

Meine Schwester …

Meine große Schwester …

Gott, überlegte ich, *hab ich eine Schwester?*

Ist das der Grund, weshalb ich gedacht hab, ich hätte sie schon mal gesehen?

Als ich aus dem Gebäude herauskam und wieder zur U-Bahn ging, fühlte ich mich immer noch ziemlich seltsam und durcheinander. Ich achtete zuerst nicht auf das Auto, das vor Taylors Büro hielt. Aber dann ließ mich doch irgendetwas zurückschauen und plötzlich sah ich zwei Männer aus dem Wagen steigen. Einer von ihnen hatte eine Kapuze auf, deshalb konnte ich sein Gesicht nicht erkennen. Aber wer der andere war, wusste ich. Ein schwarzhäutiger Koloss mit rasiertem Schädel und einer Goldkette um den Hals.

Streak.

Ich sah, wie er etwas zu dem mit der Kapuze sagte, dann schlug der Kapuzentyp Streak auf die Schulter und beide marschierten in Taylors Büro.

Schnee und Feuer

Ich hatte jetzt viel zum Nachdenken und das meiste ergab keinen Sinn. Was hatte Sonia Cherry mit Taylor zu tun? Was wollte Streak in Taylors Büro? Und wieso hat mir nie jemand erzählt, dass ich eine Schwester habe?

Wusste Mum davon? Wusste Marcus davon?

Und wie dachte ich darüber?

Ich wusste es nicht.

Ich wusste eigentlich überhaupt nichts.

Alles, was ich getan hatte, war der Versuch, die Dinge ein bisschen aufzuwirbeln, der Versuch, irgendwas passieren zu lassen. Aber ich hatte nicht gewusst, wozu es gut sein würde. Und jetzt, wo ich wirklich etwas hatte passieren *lassen*, wusste ich immer noch nicht, wozu es gut war.

Besaß ich irgendeinen handfesten Beweis, dass Taylor Robbie Franks befohlen hatte, meinen Dad umzubringen?

Nein.

Besaß ich irgendeinen handfesten Beweis, dass Taylor Robbie Franks umgebracht hatte?

Nein.

Besaß ich überhaupt für irgendwas einen Beweis?

Nein.

Ohne Beweis hast du nichts in der Hand.

Das Einzige, was ich hatte, war ein Kopf voller Fragen.

Es war gegen neun Uhr, als ich in die Siedlung zurückkam. Der Abend war frostig und dunkel, es schneite noch immer und überall am Straßenrand standen Polizeiautos. Als ich den Square in Richtung North Tower überquerte, sah ich drüben beim East Tower zwei oder drei brennende Fahrzeuge. Ein weiteres Feuer brach gerade in einem Container vor dem West Tower aus. Dichter, schwarzer Rauch hing in der Luft. Das orangefarbene Licht der lodernden Flammen und die aufblitzenden Blaulichter der Polizeiwagen schimmerten im frischen weißen Schnee.

Überall waren E-Boys und Westies – sie hingen vor den Hochhäusern rum, schauten aus den Fenstern oder lauerten im Schatten der Gebäude. Die meisten trugen Kapuzen und Mützen oder hatten ihre Halstücher hochgezogen, um das Gesicht zu verbergen. Einige trugen sogar Weihnachtsmannmützen.

Das Ganze war wie ein Weihnachtsalbtraum.

Meistens, wenn irgendwelche Ganggeschichten laufen, bleibt der North Tower außen vor. Aber an diesem Abend, als ich in den Eingangsflur kam und zum Aufzug wollte, standen überall Menschen herum. Viele von ihnen waren Leute, die im Haus wohnten. Sie waren heruntergekommen, um zu erfahren, was los war. Aber ich erkannte auch einige E-Boys und Westies – fast alle sehr jung –, die gekommen waren, um Unterstützung für ihre Gangs zusammenzutrommeln.

Als ich mich durch die Massen zum Aufzug schob, hörte ich plötzlich jemanden rufen. »Hey, Johnny D, warte mal … hey!«

Ich schaute mich um. Es war Toog. Er schob sich wie ein Bulldozer durch die Menge. Marcus folgte ihm. Sie kamen auf mich zu und Toog trat zur Seite, um Marcus vorbeizulassen.

»Wo bist du gewesen?«, fragte er. »Deine Mum hat dich gesucht.«

»Wieso?«

»Was glaubst du wohl? Hier ist die Kacke am Dampfen, deshalb. Sie hat sich Sorgen gemacht.«

»Wieso hat sie nicht angerufen?«, fragte ich.

»Die Bullen haben das Mobilfunknetz der Gegend gekappt, damit die Gangs ihre Handys nicht nutzen können.«

»Ist alles in Ordnung mit Mum?«

»Ja, sie ist okay …«, sagte Marcus.

»Was ist mit deiner? Und mit Della?«, wollte ich wissen.

»Die sind auch okay.«

Ich sah, wie Marcus einen Blick durch die Tür warf, und dann erkannte ich, wonach er schaute. Eine große Gruppe von Westies bewegte sich vom West Tower in Richtung Square. Auf der anderen Seite der Straße war ein Feuerwehrwagen stehen geblieben. Polizisten in Kampfausrüstung sprangen aus den Hecks der Mannschaftswagen.

Marcus sah mich an. »Wir müssen rauf, bevor es hier unten losgeht.«

»Dann los«, antwortete ich.

Ich drehte mich um Richtung Aufzug, aber Marcus packte meine Schulter und zog mich zurück.

»Vergiss den Aufzug«, sagte er. »Zu viele Leute. Wir müssen die Treppe hoch.«

16 Stockwerke hochlaufen braucht ziemlich viel Zeit. Und noch viel mehr Zeit braucht es, wenn du dich durch Banden von Idioten durchschlagen musst, die dich davon abhalten wollen, nach oben zu kommen. Sie hatten keinen Grund, uns zu hindern, sie wollten bloß Streit – egal wegen was – und wir waren nur zu dritt, deshalb hielten sie uns für leichte Beute. Aber sie hatten nicht mit Toog gerechnet. Und das war ein großer Fehler. Viele von ihnen bekamen auf der Treppe kräftig was über den Schädel an diesem Abend.

Nach oben zu kommen brauchte Zeit. Als wir schließlich im 16. Stock ankamen, sah es so aus, als ob wir zu spät wären. Die Aufzugtür am anderen Ende des Flurs war aufgestemmt und überall rannten Westies herum – traten Türen ein, brüllten und schrien, verwüsteten Wohnungen. Während Toog den Flur entlangmarschierte und sie sich vorknöpfte, rannte Marcus zu seiner Wohnung und sprang durch die eingetretene Tür.

»Mum!«, rief er. »Della! Wo seid ihr? Ist alles okay? Mum!!«

Plötzlich ging die Tür zu unserer Wohnung auf und Mum streckte den Kopf raus. »Johnny!«, rief sie. »Komm rein.«

Ich schaute den Flur entlang und sah, wie Toog Köpfe gegen die Wand knallte und Westies zum Aufzug rannten. Dann kam Marcus aus seiner Wohnung gestürzt und zerrte einen am Kragen hinter sich her, der aussah wie Eminem. »Wo sind sie?«, fauchte ihn Marcus an.

»Keine Ahnung …«, nuschelte der Typ.

Marcus schlug ihm die Faust ins Gesicht.

»Wo sind sie?«

»Marcus!«, schrie Mum. »Deine Mutter und Della sind hier bei mir.«

Marcus sah sie an.

»Sie sind in Sicherheit, Marcus«, sagte Mum. »Lass ihn in Ruhe.«

Marcus nickte ihr zu und ließ den Jungen los. Der Typ rannte fort, den Flur entlang. Blut tropfte ihm vom Gesicht. Ich sah, wie er Toog auswich und mit dem Rest der Westies in den Aufzug sprang. Es waren sechs oder sieben – nicht so viele, wie ich zuerst gedacht hatte, als wir nach oben kamen. Toog hatte ihnen eine ordentliche Abreibung verpasst. Wer nicht am Boden lag, blutete, humpelte oder beides. Der Stärkste, ein etwa achtzehnjähriger Junge mit gebrochener Nase, zeigte Toog den Mittelfinger. Als sich die Aufzugtür schloss, hörte ich einen von ihnen gerade noch brüllen: »Wir kommen wieder! Hörst du? Wir räuchern dich aus heute Nacht!«

Die Nacht geht weiter

Eine Wohnung ohne Tür war nicht sicher, deshalb verbrachten Marcus, Della und ihre Mum den Rest der Nacht in unserer Wohnung. Auch Toog blieb bei uns. Marcus präparierte den Aufzug so, dass er im 16. Stock nicht hielt, und Toog zerrte einen schweren Kleiderschrank aus Marcus' Wohnung und lehnte ihn gegen die Treppenhaustür. Auf diese Weise kam niemand in unseren Stock. Sobald Toog das geschafft hatte und alle zurück in der Wohnung waren, schoben wir Sessel und einen Tisch zu einer großen Barrikade zusammen und blockierten damit die Wohnungstür. Dann setzten wir uns hin und warteten darauf, dass die Nacht vorbeiging.

Es war schön, Della wiederzusehen … aber auch ein bisschen unangenehm. Ihre Mum behielt uns ständig im Auge und sorgte dafür, dass wir uns nicht zu nahe kamen. Wir mussten warten, bis sie in die Küche verschwand, ehe wir uns so richtig begrüßen konnten. Und selbst da standen noch Marcus und Toog im Zimmer und beobachteten durch das Fenster den Krawall, sodass es immer noch ein bisschen peinlich war.

Aber es kümmerte mich nicht wirklich.

Ich ging hinüber und setzte mich zu Della aufs Sofa.

»Alles okay mit dir?«, fragte ich.

Sie lächelte mich an. »Jetzt ja.«

Ich warf einen Blick zu Marcus. Er grinste und warf mir eine Kusshand zu.

»Ignorier ihn einfach«, sagte Della.

Ich drehte mich wieder zu ihr um. »Was war denn vorhin los? Als die Typen in eure Wohnung rein sind … ich meine, die haben dir doch nichts getan, oder?«

Sie schüttelte den Kopf. »Die haben nur gesagt, wir sollten raus … und dann haben sie angefangen, alles zu verwüsten. Ich glaube, die haben sich nicht viel Böses dabei gedacht. Die haben nur Sachen gesucht, die sie klauen konnten.« Sie lächelte mich wieder an. Ich starrte bloß stumm zurück. Sie sah fantastisch aus – die funkelnden Locken ihrer kurzen blonden Haare, Augen wie Diamanten, strahlende weiße Zähne. Sie sah so wunderbar aus, dass es wehtat.

»Du hast keine Zahnspange mehr«, sagte ich.

Sie hob die Hand hinter den Kopf und machte einen Schmollmund wie ein Supermodel. »Hab ich heute Morgen rausmachen lassen«, sagte sie. »Und, wie findest du's?«

»Sehr schön.«

»Wirklich?« Sie schloss den Mund und fuhr mit dem Finger über ihre Lippen. »Fühlt sich zwar noch ein bisschen komisch an, aber wenigstens schmeckt jetzt mein Mund nicht mehr nach Metall.« Sie lächelte schüchtern und lehnte sich an mich. »Willst du mal ausprobieren, wie's schmeckt?«

Doch genau da kam Dellas Mum wieder ins Zimmer. Sie trug ein großes Tablett mit Sandwiches. Als sie Della so dicht bei mir sitzen sah, warf sie mir einen bösen Blick zu.

»Was geht hier vor?«, sagte sie in scharfem Ton.

»Nichts«, murmelte ich und rutschte von Della weg. »Wir haben uns … also … wir haben uns nur unterhalten.«

»Nach unterhalten sah das aber nicht aus.«

»Ach komm, Mum«, sagte Della. »Wenn wir schon alle den Rest der Nacht hier oben festsitzen, sollten doch wenigstens *wir* versuchen, uns zu vertragen. Gib Johnny zumindest eine Chance … er ist nicht so übel, wie du glaubst.«

»Nein?«

Della grinste mich an. »Du bist doch ein braver Junge, nicht, Johnny?«

O Gott, ich war so verlegen.

»Okay«, sagte Mrs Hood langsam, »ich gebe ihm eine Chance … aber nur für heute Nacht. Danach … nun, wir werden ja sehen, wie es läuft.« Sie starrte mich an. »Und glaub nicht, dass ich euch nicht im Auge behalte. Hast du verstanden?«

Ich nickte.

Dann kam meine Mum ins Zimmer. Ich wusste nicht, ob sie gehört hatte, was Mrs Hood sagte, doch ich sah, wie sie mir zuzwinkerte, deshalb nahm ich es an.

»Also«, sagte sie. »Wer möchte Kaffee und wer will Tee?«

Die Nacht ging weiter.

Mum unterhielt sich mit Mrs Hood und ich sprach

leise mit Della. Marcus und Toog blieben am Fenster und beobachteten, wie die Siedlung unten in Flammen aufging. Ungefähr alle halbe Stunde ging ich zu ihnen rüber und schaute auch. Jedes Mal, wenn ich aus dem Fenster guckte, sah alles noch schlimmer aus. Überall brannten Autos. Hundertschaften von Polizisten versuchten, die E-Boys und Westies voneinander fernzuhalten, und beide Gangs kämpften gegen die Polizei. Überall flogen Ziegel. Kleine Jungs warfen mit Steinen und aus den Fenstern der Hochhäuser flogen Molotowcocktails. Überall standen Krankenwagen, Feuerwehrautos und irgendwann tauchten auch noch Zeitungsreporter und Fernsehcrews auf, um live dabei zu sein. Es war ein einziges Chaos.

»Was glaubst du, wie lange das noch so weitergeht?«, fragte ich Marcus.

Er zuckte mit den Schultern. »Es wird nicht aufhören, bevor eine der Gangs die Kontrolle übernimmt. Das kann Stunden dauern oder auch Tage. Das Einzige, was wir tun können, ist abwarten.«

Ich schaute nach unten auf den Square, als gerade ein weiterer Molotowcocktail aus dem West Tower flog und in einem Feuerball explodierte.

Dicke, schwarze Rauchschwaden stiegen in den brennenden Nachthimmel. Es schneite noch immer.

»Kann ich dich einen Augenblick sprechen?«, fragte ich Marcus. »Allein.«

Wir gingen in mein Zimmer, schlossen die Tür und ich erzählte ihm von meinem Treffen mit Taylor. Als ich fertig war, schwieg er. Eine ganze Weile saß er nur da und überlegte.

In der Stille meines Zimmers hörte ich die schwachen Geräusche des Krawalls, der unten zwischen den Hochhäusern stattfand. Irgendwie schien er in diesem Moment weit weg.

»Wieso bist du zu Taylor gegangen?«, fragte Marcus endlich.

»Keine Ahnung … ich glaube, ich wollte ihn einfach treffen. Gucken, wie er aussieht.«

Marcus nickte. »Und du bist sicher, dass du den andern Typen nicht kennst – der, den du mit Streak in Taylors Büro hast gehen sehen?«

»Nein, der hatte die Kapuze überm Kopf. Was glaubst du, was Streak dort wollte?«

»Ich geh mal davon aus, dass er Taylor über unseren Besuch bei Tisha Franks informiert hat«, antwortete Marcus. »Taylor kontrolliert immer noch große

Teile der Siedlung. Er arbeitet mit den E-Boys und den Westies zusammen und er hat auch die meisten Polizisten hier in der Tasche. Das Geschäft mit der Detektei ist zum größten Teil bloß Fassade. Sein Geld verdient er mit Drogen, so wie er es immer getan hat.«

»Das hättest du mir auch vorher erzählen können«, sagte ich.

»Hab ich doch versucht, aber du wolltest ja nicht auf mich hören.«

»Wieso hast du mir nichts von Taylor und Sonia Cherry erzählt?«

»Ich hab dir doch gesagt, dass sie befreundet sind …«

»Ja, aber die sind mehr als *befreundet*, stimmt's?«

Marcus zuckte mit den Schultern.

»Komm schon«, sagte ich. »Ich seh dir doch an, dass du was weißt.«

»Ich *weiß* gar nichts … ich hab nur Gerüchte gehört.«

»Was für Gerüchte?«

Er überlegte einen Moment, dann sagte er: »Jack Taylor trifft sich seit Jahren mit Sonia Cherry. Sie hatten schon eine Affäre, als dein Dad noch lebte.

Taylor hat Sonia Gesellschaft geleistet, wenn dein Vater bei deiner Mum war.«

»Wusste sie Bescheid?«

»Wer?«

»Sonia. Wusste sie, dass ihr Mann eine Affäre mit meiner Mum hatte?«

»Keine Ahnung … nehme ich aber an«, sagte Marcus.

»Wann hat das mit Taylor und Sonia angefangen? Ich meine, könnte *er* Pippas Dad sein?« Meine Stimme bekam langsam einen panischen Tonfall.

»Verdammt, wer ist Pippa?«, wollte Marcus wissen.

»Hatte Sonia irgendwas mit Dads Tod zu tun?«

»Verdammte Scheiße«, sagte Marcus wütend. »Keine Ahnung, Johnny, kapiert?« Er schüttelte den Kopf. »Hör zu, ich verstehe, wie viel dir das Ganze bedeutet, aber ich werde dir nichts erzählen, wovon ich nicht sicher weiß, dass es wahr ist. Ich meine, ja, Taylor ist wahrscheinlich immer noch mit Sonia Cherry zusammen, und ja, vielleicht hatte sie was mit dem Tod deines Dads zu tun. Aber ich *weiß* es nicht, klar? Das Einzige, was ich weiß, ist …«

Er verstummte, als plötzlich die Zimmertür aufging und wir beide Della im Eingang stehen sahen.

»Toog meint, ihr sollt mal schnell kommen«, sagte sie. »Da unten ist Jack Taylor aufgetaucht.«

Nach oben

Ich folgte Marcus. Wir liefen ins Wohnzimmer und stellten uns zu Toog ans Fenster. Er zeigte nach unten auf den Square. Der Square war weit weg und durch den Rauch, die Menschenmassen und das Feuer konnte man kaum was erkennen, doch ich sah genug, um zu wissen, Toog hatte recht. Eine Gruppe von ungefähr zwanzig Männern kam außen um den Square herum und ging auf den North Tower zu. Genau in der Mitte der Gruppe sah ich den grauhaarigen Kopf von Jack Taylor. Einige seiner Leute trugen Kapuzen und einige hatten Tücher vor dem Gesicht, aber es waren nicht nur E-Boys oder Westies. Einige hatten sogar Kampfausrüstung an. Und einer schleppte einen schweren schwarzen Polizeirammbock.

»Was will Taylor hier?«, fragte ich Marcus.

»Keine Ahnung, ich fürchte, er ist hinter dir her.«
Er sah mich an. »Du hast zu viel Staub aufgewirbelt,
Johnny. Zu viele Fragen gestellt. Taylor nutzt den
Krawall da unten als Tarnung.«

»Als Tarnung für was?«

»Dafür, dich loszuwerden.«

»Was ist los?«

Ich drehte mich um und sah, dass Mum hinter uns
stand.

»Wer wird wen los?«, fragte sie mich.

Ich sah Marcus an.

»Sag's ihr«, meinte er.

»Jack Taylor«, erklärte ich Mum.

Sie riss die Augen auf. »Taylor?«, keuchte sie.
»Was hat der mit *dir* zu tun?«

»Na ja«, sagte ich, »das ist eine lange Geschichte …«

»Wir haben im Moment keine Zeit für lange Geschichten«, sagte Marcus. Er sah Mum an. »Johnny
hat wegen dem Tod seines Dads nachgeforscht und
ist weiter gekommen, als Taylor lieb ist.« Er warf einen
Blick aus dem Fenster. »Jetzt haben sie das Haus
betreten.«

Mum sah mich an. »Verdammt, Johnny … was
hast du getan?«

»Ich hab nur versucht, die Wahrheit rauszufinden«, erklärte ich ihr. »Ich wollte wissen, was mit Dad passiert ist.«

»Wieso hast du mich denn nicht gefragt?«

»Wieso hast du mir nie was erzählt?«

»Weil …«, antwortete sie zögernd, »weil alles so kompliziert ist. Und weil ich wusste, wenn ich dir die Wahrheit sage, wirst du dich festbeißen … und die Dinge zurechtrücken wollen. Aber du kannst nichts zurechtrücken, Johnny. Niemand kann das.« Sie schüttelte den Kopf. »Gegen Männer wie Jack Taylor kommst du nicht an. Solche Leute gewinnen immer. Das habe ich auch deinem Dad versucht zu erklären, aber er wollte nicht auf mich hören. Und schau, wie weit er gekommen ist. Ich wollte nicht, dass dir irgendwas passiert.«

»Tut es auch nicht«, antwortete ich.

»Genau das hat dein Dad auch gesagt.«

Ich sah zu Marcus. »Was hat Taylor vor?«

»Er wird zuerst den Aufzug probieren«, sagte Marcus. »Wenn er merkt, dass er damit nicht zu dir raufkommt, wird er den Strom kappen, im Erdgeschoss ein paar Leute hinstellen und dann mit dem Rest die Treppe hochlaufen. Eine Weile können wir sie vielleicht aufhalten, aber irgendwann kommen sie durch.«

»Und dann?«

»Dann sind wir erledigt – allesamt. Er wird keine Zeugen übrig lassen. Was immer er tut, er wird es wie einen Zufallsanschlag aussehen lassen. Oder vielleicht räuchert er uns auch einfach aus und schiebt die Schuld den Westies in die Schuhe.«

»Das heißt, wir können hier nicht bleiben«, sagte ich.

»Nein.«

»Und es hat auch keinen Sinn, die Polizei zu rufen.«

»Alle Telefonverbindungen sind tot.«

»Und wenn wir die Treppe runtergehen, laufen wir Taylor und seinen Leuten direkt in die Arme.«

»Ja.«

»Bleibt also nur noch das Dach.«

Marcus nickte. »Ist zwar keine große Chance, aber mehr haben wir nicht. Und wenigstens verbrennen wir auf dem Dach nicht.«

Ich sah zu Mum. »Was meinst du?«

Sie lächelte mich traurig an. »Ich denke, wir sitzen verdammt in der Scheiße.« Sie schaute hinüber zu

Mrs Hood und Della. »Tut mir leid«, sagte sie zu den beiden, »aber ich fürchte, Marcus hat recht. Wir müssen hier raus, bevor Taylor da ist, und das Dach ist die einzige Chance.« Sie wandte sich wieder an Marcus. »Ich glaube, wir sollten sofort aufbrechen, was?«

Marcus grinste sie an. »Wär nicht schlecht.«

»Okay«, sagte Mum. »Dann los.«

Ich ging mit Marcus und Toog hinaus auf den Flur und wir zogen den Kleiderschrank von der Treppenhaustür. Danach trat Marcus hinaus und beugte sich über das Geländer, um nach unten zu sehen.

»Ich hör sie«, flüsterte er. »Sie sind nur noch ein paar Stockwerke entfernt.«

»Mum! Della!«, rief ich leise. »Kommt schon, beeilt euch!«

Della und Mrs Hood traten aus der Wohnung und liefen schnell rüber zur Tür, nur von Mum gab es kein Zeichen.

»Was macht sie?«, fragte ich Della.

Della schüttelte den Kopf. »Sie hat gesagt, sie muss noch was holen.«

»Die sind gleich da!«, fuhr Marcus dazwischen.

In dem Moment kam Mum aus der Wohnung. Sie hatte ihre Handtasche unterm Arm. Ich winkte sie zur Tür und Marcus scheuchte uns alle aufs Dach. Auch ich hörte jetzt Taylor und seine Leute die Treppe hochkommen – laute Schritte, geflüsterte Rufe. Nur für eine Sekunde blieb ich stehen und dachte nach. Worum ging es hier eigentlich? Wieso passierte das alles? Wie hatte ich uns in die Situation gebracht? Und warum? Dann packte mich Marcus plötzlich und stieß mich in Richtung Treppe.

»Geh!«, zischte er mich an.

»Was ist mit …«

»Geh einfach!«

Als wir losrannten, hörte ich von unten eine Stimme rufen: »Sie sind hier! Die laufen nach o…«

Dann hörte ich einen schweren Schlag. Ich drehte mich um, schaute hinunter und sah, wie ein riesiger schwarzer Junge zusammengesackt auf der Treppe lag. Er hielt sich den Kopf und stöhnte. Toog stand über ihm.

Wieder kam ein Ruf von unten. »Die laufen nach oben aufs Dach!«

»Scheiße!«, sagte Marcus.

Toog sah ihn an.

»Macht schon!«, zischte ich. »Auf geht's!«

Marcus nickte Toog zu und wir alle rannten die Treppe hoch. Wir rannten schnell, unsere Schritte polterten auf den kalten Steinstufen. Trotzdem konnte ich Taylors Männer unter uns weiter hören. Türen knallten, Glas splitterte, hässliche Stimmen brüllten und schrien.

»Scheiße! Sie haben Jermaine erwischt!«, hörte ich jemanden sagen und wusste, dass sie den Jungen gefunden hatten, dem Toog einen Schlag auf den Schädel versetzt hatte.

»Lass ihn liegen!«, rief ein anderer.

»Dev!«, brüllte eine weitere Stimme.

»Yo!«

»Du und deine Jungs demoliert die Wohnung! Aber noch nicht niederbrennen, okay? Ihr andern los, rauf aufs Dach.«

Du bist allein, Jack

Mum, Della und Mrs Hood warteten schon oben am Ende der Treppe im 22. Stock auf uns.

»Wir müssen uns beeilen«, erklärte ich ihnen. »Taylor weiß, wo wir hinwollen. Folgt mir.«

Ich führte sie den Flur entlang zu einer Tür mit der Aufschrift PRIVAT – ZUTRITT VERBOTEN. Vor der Tür bückte ich mich und zog einen Schlüssel unter einem losen Stück des Bodenbelags vor. Dann schloss ich auf und schob alle hinein.

»Was ist das hier?«, fragte Mum. »Und wieso hast du einen Schlüssel?«

»Erklär ich dir später«, antwortete ich.

Die Tür führte in einen kleinen Heizungsraum. Auf der anderen Seite gab es einen kleinen Bogengang, durch den man zu ein paar Stufen kam, und am Ende der Stufen lag dann die Tür zum Dach. Der Heizungsraum stand mit allem möglichen Kram voll – Schränken, Werkzeugkisten, Rohren und Kabeln –, und während ich die Tür hinter mir abschloss, sagte ich: »Ein paar von uns können sich hier verstecken.«

Marcus schaute sich um. »Ja … müsste gehen.« Er drehte sich zu seiner Mutter um. »Mum, du bleibst mit Della und Mrs D hier. Versteckt euch hinter den Schränken. Wenn Taylor und seine Leute durch die Tür dringen, werden sie sofort weiter aufs Dach stürmen. Sobald sie weg sind, geht ihr wieder die Treppe runter und sucht Hilfe.«

Plötzlich hörten wir laute Rufe draußen vom Flur. Wir hörten schnelle Schritte, erregte Stimmen, Fäuste, die gegen die Wände hämmerten. Marcus schob Della und seine Mum Richtung Schränke.

»Ich bleib nicht hier«, protestierte Della. »Ich will mich nicht verstecken …«

»Willst du uns helfen oder nicht?«, fragte Marcus.

Sie sah mich an. »Ja … ich will helfen.«

Ich nickte ihr zu und sie folgte ihrer Mutter in den Schrank. Ich schaute zu meiner Mum.

Sie lächelte mich an. »Keine Chance. Ich komme mit euch.«

Ich schaute zu Marcus. Er sah Mum an.

WUMM! – ein Rammbock donnerte gegen die Tür.

Die Tür erzitterte, aber sie gab nicht nach.

Marcus warf eine alte Decke über die Schränke, damit Della und ihre Mutter verborgen waren. Dann eilten wir fort durch den Bogengang und die Stufen hinauf zum Dach.

Der Nachthimmel war still und schwarz und das Dach war mit einer Schicht unberührtem weißem Schnee bedeckt. Es sah wunderschön aus. Als wir vier durch den Schnee liefen und unser Atem in der eisigen Luft dampfte, lächelte ich. Ich sah zu Mum, die neben mir ging. Auch sie lächelte.

»Schön hier oben, nicht?«, sagte sie.

Ich nickte. »Ich gehe manchmal hier hoch, wenn ich allein sein will … du weißt schon, wenn ich nachdenken muss. Siehst du den Blechschuppen da drüben. Das ist mein geheimes Versteck. Also, war es jedenfalls mal.«

Mum sah mich an. »Wir brauchen alle unsere geheimen Verstecke, Johnny.«

Ich wusste nicht, was ich darauf antworten sollte, deshalb schwieg ich.

Wir gingen hinüber zum Rand des Dachs und schauten nach unten. Der Krawall zwischen den Gangs war immer noch nicht zu Ende. Die Feuer brannten noch. Es schneite weiter. Wir standen da und betrachteten die Szene.

Nach einer Weile schaute Marcus nach hinten. »Da kommen sie«, sagte er.

Wir alle drehten uns um. Die Tür zum Dach hatte sich geöffnet und ein Kapuzenkopf schaute heraus. Es war eine weiße Schlägerfratze. Ich hatte sie schon in der Siedlung gesehen, wusste aber nicht, wer der Typ war. Er entdeckte uns, starrte uns einen Augenblick an, dann lächelte er kalt und sprach zu jemandem hinter sich. Kurz darauf trat er durch die Tür und kam aufs Dach hinaus.

Dann folgte ein zweiter Typ.

Und noch einer.

Und noch einer …

Es wurden immer mehr.

Als endlich Taylor selbst herauskam und die Tür hinter sich schloss, mussten es fünfzehn oder sechzehn sein, die in einer Reihe vor ihm standen. Einige kannte ich. Streak war auch darunter, seine Goldkette schimmerte. Und ich sah Danny, Tishas Stiefbruder.

Aber die Übrigen waren nur Gesichter – Gang-gesichter, Bullengesichter, Gesichter im Schnee.

Taylor trat an die Spitze seiner Männer und sie bauten sich in einem Halbkreis hinter ihm auf. Ehe sie die Möglichkeit hatten, auf uns zuzulaufen, liefen wir vier auf sie zu. Wir liefen in einer Reihe neben-einander – ich, Mum, Marcus und Toog. Unsere Schritte knirschten leise in dem frischen weißen Schnee. In der Mitte des Dachs blieben wir schließ-lich stehen, ungefähr fünf Meter von Taylor entfernt.

Taylor lächelte uns entgegen. »So, so«, sagte er. »Seht mal, wen wir da haben.« Er grinste mich an, warf danach einen Blick zu Marcus und Toog, dann wandte er seine Aufmerksamkeit Mum zu. »Schön, dich zu sehen, Maria. Du siehst gut aus.«

Mum starrte ihn bloß an.

»Ich hatte heute Nachmittag eine hübsche kleine Unterhaltung mit Johnny«, sagte er zu ihr. »Hat er dir davon erzählt? Nein? Das dachte ich mir.« Taylor schüttelte den Kopf. »Ich hatte mehr von dir erwartet, Maria. Du solltest dich doch mit dem Mundhalten auskennen. Deine Mutter war immerhin Mexikane-rin.« Er grinste sie an. »Ich meine, Mexikaner … die wachsen doch mit solchen Sachen auf, oder?«

»Mit was für Sachen?«, fragte Mum.

Er lächelte sie an. »Ach komm schon, du weißt doch genau, was ich meine – Korruption, Drogen, Mord. Du weißt, was ich getan habe, Maria. Du weißt, was ich tue. Und du weißt, dass du nichts dagegen machen kannst. Es ist einfach so. Du *weißt* es, Maria. Und du weißt, das Einzige, was du tun kannst, ist deine Klappe halten und weiterwursteln mit deinem Leben.« Er warf mir einen Blick zu, dann schaute er wieder zurück zu Mum. »Du hättest auch deinen Bastard dazu erziehen sollen, den Mund zu halten.«

»Sie haben meinen Dad umgebracht«, sagte ich. »Sie haben Robbie Franks gezwungen, ihn zu erschießen, und dann haben Sie Robbie umgebracht, um es zu vertuschen.«

Taylor starrte mich an. »Und?«

Ich schaute zu den Männern, die hinter ihm standen, und fragte den mit dem Rammbock: »Wusstest du, dass Taylor einen Polizisten umgebracht hat? Du kannst es gern überprüfen«, sagte ich. »Er hieß David Cherry. Er war Kommissar im Drogendezernat, als Taylor die Abteilung führte. Und du …« Ich sah zu Danny. »Verdammt, was tust du hier oben? Das Arschloch hat deinen Stiefbruder umgebracht. Er bringt deine Stiefschwester um. Was ist los mit dir?« Ich schaute die übrigen Männer an und plötzlich wurde mir schlecht von dem Ganzen. »Was ist los mit euch allen? Wieso habt ihr so eine Angst vor diesem grauhaarigen Stück Scheiße? Merkt ihr nicht, dass er euch nur benutzt … genau das tut er nämlich. Er benutzt Menschen. Er nutzt sie aus und wirft sie weg …«

»Okay, Junge«, sagte Taylor leise, »das reicht.«

»Ich kann beweisen, dass Sie Robbie Franks umgebracht haben«, sagte ich und schob die Hand in meine Tasche. Ich zog den Brief heraus, den Tisha mir gegeben hatte, und wedelte ihn Taylor entgegen. »Sehen Sie? Ich hab den Beweis, so wie Sie's gesagt haben.«

»Du glaubst, das Stück Dreck ist ein Beweis?«, sagte Taylor mit höhnischem Grinsen. »Wohl kaum.« Er zog eine Pistole aus der Tasche. »Nicht dass das noch eine Rolle spielt.« Er gab die Pistole Danny. »Erschieß ihn und bring mir den Brief.«

Danny rührte sich nicht. »Was?«, fragte er.

»Na los. Jetzt nimm schon die Waffe.«

Danny schüttelte den Kopf. »Ich erschieße niemanden.«

»Wieso nicht, verdammte Scheiße? Da unten ist großer Krawall. Niemand wird irgendwas mitkriegen.«

Danny trat von ihm zurück. »Nee«, murmelte er und schüttelte den Kopf. »Das ist nicht in Ordnung …«

Taylor starrte ihn einen Moment lang an, dann drehte er sich blitzschnell um und richtete die Waffe auf mich. »Gib mir den Brief.«

»Nein.«

Taylor richtete die Pistole auf Mum und feuerte einen Schuss ab. Das Geschoss knallte zwei Zentimeter vor ihren Füßen in den Boden.

»Letzte Chance, Junge«, sagte Taylor und drehte sich wieder zu mir um. »Die nächste Kugel landet in ihrem Kopf. Also los, gib mir den Brief.«

Ich zerknüllte den Brief und ließ ihn zu Boden fallen.

Taylor starrte mich einen Augenblick an, dann wandte er sich an Streak. »Hol ihn«, sagte er.

Streak kam herüber, hob die Papierkugel auf, dann ging er zurück und überreichte sie Taylor. Taylor sah sie nicht einmal an, er zerriss das Blatt einfach und warf die Fetzen in die Luft. »Ohne Beweis hast du nichts in der Hand«, sagte er zu mir.

Er richtete die Pistole auf Danny. »Mach sie sauber und dann lass sie verschwinden«, kommandierte er. »Und wenn du noch einmal wagst, Nein zu sagen, dann sorge ich dafür, dass Tisha den gleichen Stoff kriegt wie Robbie. Hast du verstanden?«

Dannys Augen waren voll Hass, als er die Waffe aus Taylors Hand nahm, doch er sagte nichts. Er steckte die Pistole nur ein und trat ganz langsam zurück.

Genau in dem Moment spürte ich, wie sich etwas neben mir bewegte. Ich hörte einen wütenden Seufzer, und als ich mich umdrehte und Mum ansah, konnte ich nicht fassen, was ich sah. Sie zog eine kleine Pistole aus ihrer Tasche. Ihre Augen waren tot und leer, als sie die Waffe hob und auf Taylor richtete. Und als sie sprach, war ihre Stimme wie Eis.

»Ich hätte das schon vor Jahren tun sollen«, sagte sie.

Taylor starrte sie eine Sekunde an, dann lachte er. »Was glaubst du, was du da tust?«

»Wonach sieht es denn aus?«

»Wenn du mich erschießt, bist du tot«, sagte Taylor.

»Genau wie du«, antwortete sie.

Ohne den Blick von Mum zu nehmen, hielt Taylor

Danny die Hand entgegen. »Gib mir die Waffe«, sagte er zu ihm.

Danny wich weiter zurück.

Taylor knirschte mit den Zähnen. »Gib … mir … die … Waffe.«

Als sich Danny weiter von ihm entfernte, wichen auch einige der andern langsam zurück. Einen Schritt, wieder einen und noch einen … und dann plötzlich wichen sie alle von Taylor zurück.

»Hey …«, sagte er und warf einen Blick über die Schulter. »Verdammte Scheiße … was tut ihr?«

In dem Moment ging Mum auf ihn zu. Den Arm gehoben, die Waffe auf seinen Kopf gerichtet. Und plötzlich fing *Taylor* an zurückzuweichen. »Komm schon, Maria«, murmelte er, »sei doch nicht albern. Wir können das alles doch klären …«

Taylor wandte sich zur Seite. Mum folgte ihm. Taylor schaute hinter sich, trat nach links. Mum tat das Gleiche. Er entfernte sich jetzt von uns allen, wich immer weiter zurück auf die rechte Seite des Dachs. Er versuchte, vom Rand wegzubleiben, doch Mum schnitt ihm den Weg ab. Sie drängte ihn immer näher an die Kante heran. Am Ende konnte er nirgends mehr hin. Er blieb stehen. Mum stoppte vor ihm. Er drehte den Kopf um und warf einen Blick über den Rand.

»Jetzt bist du allein, Jack«, sagte Mum.

Er lächelte sie an. »Das war ich immer.« Er warf einen Blick hinüber zu Danny und Streak und den andern. Sie starrten ihn bloß an. Er schüttelte den Kopf und schaute zurück zu Mum. »Glaubst du wirklich, ich brauche einen von denen?«, sagte er. »Sie sind nichts – alle. Weniger als nichts. Genau wie der Rest der mickrigen Kreaturen hier.« Er grinste Mum an. »Ich brauche diese Scheiße nicht. Ich brauche gar nichts.«

Plötzlich knallte ein dumpfes Plop durch die Luft. Ich sah, wie ein kleines rotes Loch in der Mitte von Taylors Stirn auftauchte. Eine Sekunde lang stand er nur da im fallenden Schnee – die geschockten Augen starrten, der Mund hing offen –, dann stürzte er langsam nach hinten und verschwand über den Rand des Dachs.

Die Wahrheit

Alle, die in der Nacht oben auf dem Dach waren, wussten, dass es Danny gewesen war, der Taylor erschossen hatte. Aber bis jetzt gibt es keine Anklage gegen ihn und ich bin ziemlich sicher, dass es auch keine geben wird. Die Polizei untersucht Taylors Tod noch, aber niemand redet mit ihnen. Niemand war vor Ort, als es geschah.

Die Polizei hat keinen Beweis.

Und wie Taylor gesagt hat: Ohne Beweis hast du nichts in der Hand, da kannst du es gleich lassen.

Aber jetzt, nachdem Taylor tot ist, fangen die Leute an, über ihn zu reden, und die Polizei hat neue Ermittlungen zum Tod meines Dads aufgenommen. Sie untersuchen auch, was mit Robbie Franks war, und soviel ich gehört hab, wird gegen Sonia Cherry ebenfalls ermittelt.

Im Moment ist alles ein bisschen unheimlich. In unserer Wohnung herrscht noch das totale Chaos, nachdem Dev und seine Jungs sie kurz und klein geschlagen haben. Die Krawalle haben aufgehört, aber die Siedlung hat sich noch nicht wieder beruhigt. Alle sind gereizt. Wie es aussieht, haben jetzt die E-Boys die Macht, doch es gibt immer noch kleinere Kämpfe. Und die Polizei kommt immer wieder zu uns, um über Taylor und Dad zu sprechen ... und Mrs Hood hat mir wieder verboten, Della zu sehen ...

Aber ich weiß, wenn sich alles erst mal ein bisschen beruhigt hat, werde ich mich aufraffen und Mum fragen, ob Pippa Cherry meine Schwester ist. Ich weiß, es wird echt heikel werden, und ich freue mich nicht gerade drauf.

Aber die Wahrheit muss doch ans Licht, oder?

Darum geht es doch.

Um die Wahrheit.

TRAVIS DELANEY

DIE KRIMIREIHE VON KEVIN BROOKS

ALLE LIEFERBAREN TITEL, INFORMATIONEN UND SPECIALS
FINDEST DU ONLINE

DER NEUE
PSYCHOTHRILLER VON
KEVIN BROOKS

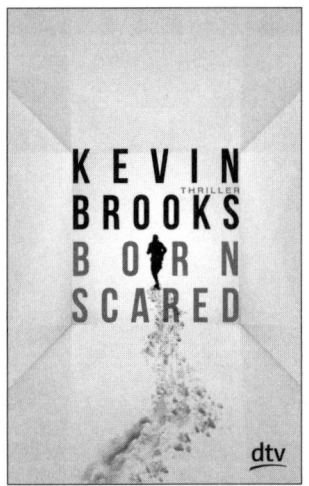

Seit seiner Kindheit leidet Elliot unter
so starken Ängsten, dass er sich nicht vor die Tür traut.
Bis eines Tages seine Mutter verschwindet …

ALLE LIEFERBAREN TITEL,
INFORMATIONEN UND SPECIALS
FINDEST DU ONLINE

Auch als **eBook**   www.dtv.de

Packende Agententhriller an ungewöhnlichen Schauplätzen

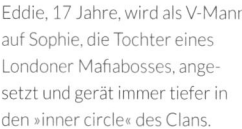

Eddie, 17 Jahre, wird als V-Mann auf Sophie, die Tochter eines Londoner Mafiabosses, angesetzt und gerät immer tiefer in den »inner circle« des Clans.

Als ihm jemand Kokain unterjubelt, bleibt Eddie nur eine Möglichkeit, dem Gefängnis zu entgehen: Er muss undercover in der spanischen Drogenszene ermitteln.

ALLE LIEFERBAREN TITEL, INFORMATIONEN UND SPECIALS FINDEST DU ONLINE

Auch als **eBook**   www.dtv.de